어느
젊은이의
유서

조아라 시집

글라이더

어느
젊은이의
유서

조아라 시집

글라이더

시인의 말

죽어서 해결되는 건 없다지만 지독히 외로운 마음들은 모두의 내면에 차곡차곡 쌓이고 있습니다. 그 음울하고 절망적인 감정은 마치 '늪' 같아요. 빠져나오려고 발버둥 쳐도 결국 같은 자리를 맴돌며 더 좌절하게 만듭니다. 살고 싶었지만 살고 싶지 않았고, 주변의 따듯한 위로에 기뻤지만 들뜬 마음을 표현하는 것이 부끄러웠습니다.

'어떻게 하면 내일을 만들 수 있을까?' 꽤 긴 시간을 고민해서 답을 찾았습니다. 먼저 슬픈 마음에 충분히 슬퍼할 시간을 주는 것, 매일 죽고 싶은 마음이 든다면 매일 유서를 써도 나를 탓할 사람이 없다는 것을 깨닫는 것, 그리고 내 안의 나약함을 인정하는 것입니다.

이 시집을 통해 충분히 좌절해도 괜찮다는 말을 하고 싶습니다. 우리는 바닷속 심해에 살고 있지만 끝없이 내려가다 보면 언젠간 땅에 닿을 테고 그 순간 바닥을 딛고 천천히 수면 위로 올라가면 된다고요. 위로하는 것이 낯간지럽지만 이 한 편의 시가 조금이나마 누군가에게 작은 울림이 되길 바라는 마음에 저의 유서를 보내드립니다. 절망의 담벼락에서 당신의 이야기를 찾을 수 있다면 그것보다 값진 것은 없다고 생각하며….

원하는 만큼 시를 음미하고 좌절해주세요. 그리고 당신과 함께 다시 일어설 그 날을 기다리겠습니다.

2023년 새해 아침, 조아라

차례

제2부 : 그럼에도 불구하고, 혼자가 아니기에

1부,

절망

그 시인들은

당신이 죽기만을 기다리는 것 같아요

다시, 태어나라고

어떤 젊은이의 유서

꽃분아, 우리 집 창가 행운목은
네가 바짝 태워 죽이거라
서서히 죽어 가면 가엾으니까

정이야, 연인에게 전해줘
찬장에 숨겨둔 위스키 선물
기다리지 말고 마시라고

어머니, 자취방 붉은 서랍장 안
적금 통장 비밀번호 공일공이에요
장례비 쓰지 마시고 새 점퍼 사세요

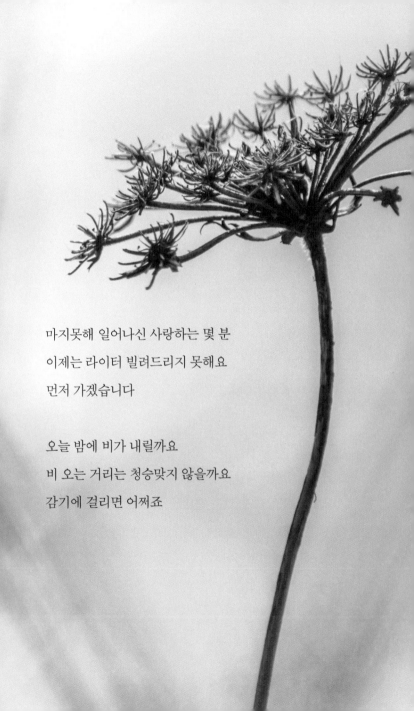

마지못해 일어나신 사랑하는 몇 분

이제는 라이터 빌려드리지 못해요

먼저 가겠습니다

오늘 밤에 비가 내릴까요

비 오는 거리는 청승맞지 않을까요

감기에 걸리면 어쩌죠

노루

넓은 들판을 뛰어다니는
노루가 되고 싶다

거친 바람을 느끼고
새소리가 귓가에 파고들면
가느다란 두 다리로
있는 힘껏 발돋움하겠지

망설여지는 날엔
철퍼덕 주저앉았다가
더 멀리 뛰어갈 수 있을 텐데

눈앞이 황야일지언정
노루가 되고 싶다

꼬마 귤

사랑하는 꼬마 귤아

많이 힘들었지

아무도 찾지 않는 여름 바다에서

겨울을 그리워하느라

그리운 내 친구

네 숨소리가 들려

처연한 파도가 일렁이는 소리

사랑하는 꼬마 귤아

이불은 배라도 덮고 자

그래야 아프지 않지

그래야 우리 바닷가에서

수박 주스를 그리워하지

그래야 우리 소파 위에서

귤껍질을 벗기지 또

두려움을 가지고 있는 우리

사람들이 두려워하는 풍선 속
씨앗 숨기고 천국으로 떠오른다

더 높이 날아라 훨훨
원래 난다는 것은
외로운 것이야

방황하는 하늘에서
풍선들 실컷 가지고 놀다
시원하게 터트리렴

너의 씨앗이 꽃이 되어
더 자유로울 수 있게
바람 타고 훨훨 더 멀리 날아가게

우리 집

엄마 어깨 위엔 많은 것이 얹어져 있다
웃음, 사랑, 해바라기꽃 한 송이

덜떨어진 딸내미가 바짓가랑이 붙잡고
철이 없는 낚시꾼이 술고래가 되어도
혹여 어깨 위의 것들이 떨어질까

엄마는 총총 걸어간다

높고 사나운 벽돌들이 우리를 위협해도
한 푼 두 푼 티끌 모아 집을 짓고
한 명 두 명 어려운 이에게 쌀밥 나눠주며

엄마는 그렇게 살아왔다

우리 집엔 따듯한 바람이 분다

세상이 변해도

엄마의 마음은 변하지 않는 것처럼

꿈

호수처럼 보이지만
생명이 숨 쉬는 바다였다

짠물 맛본 갈매기는
파도를 박차고 튀어 오르고

벌거벗은 여자들은
물살에 몸을 맡겨 춤을 췄다

힘찬 뱃고동 소리에
화들짝 놀라 잠에서 깨고

당신과 나는 그 바다의 이름을
미제라고 지었다

풀꽃

풀꽃이 운다
지난밤 너무 더웠는지
작은 어깨를 들썩이며
쌔액쌔액 소리 없이 운다

가엾은 풀꽃
장미에 기가 죽은 걸까
날씨가 더워서 그래

여름감기에 걸렸구나
그래, 괜찮아 이리 와
눈물을 닦아줄게

풀꽃 위 물방울 터트린다

어른이 된다는 것

수면 위로 튀어 오른 물고기가
총살에 맞아 숨을 거두듯
케케묵은 감정들을 감추고
또 살아가겠지

곪아 터진 상처에
치덕치덕 약을 바르고
사라지지 않는 흉터를 남기고
또 살아가겠지

물고기의 비닐은 바다에 떨어지고
어슴푸레 밝아오는 새벽을
또 살아가겠지

반짝이는 바다를 그리워하는

저 젊은 동상처럼

어른이 되는 거겠지

아가미

쓴 물이 목구녕 끝까지 차올라도
아가미로 숨 쉬는 여자처럼
휘적휘적 걸어간다

죽음 언저리에 섬 있다면
그건 짓밟고 올라온 자들의 무덤이겠지

다닥다닥 붙어있는 이빨들은
뿌리치고 온 자들의 저주이고
벼랑 끝에 나그네는 눈물만 흘리네

정상 위에 올라와도
쉴 곳 없으니
다시 떨어질 수밖에

22

조문객

화단 앞에 널브러진 꽃 한 송이
손가락질하는 당신은
나를 죽이러 오신 사신이신가요

나는 잡초가 아니라 백합이었어요
그렇게 밟으시면 죽는답니다

부리부리한 눈으로 매질하는 당신은
나를 죽이러 오신 사신이신가요
그렇게 보시면 부끄럽습니다

오늘 꽃 한 송이 숨 거두시려거든
화단 속 친구들을 위해
남은 꽃잎은 더럽히지 말아 주세요

담벼락

은희야 담벼락 위에서
엄마가 보고 있다

꼬박꼬박 죽으려고 담을 타는
사랑스러운 은희 뒷모습 보다가

교회 십자가에 묻어둔
일기장을 끄집어냈다
일기의 시작은 죽는다는 말이고
끝은 담장을 넘는다는 말이구나

은희야 담벼락 어딘가에 내가 떨어져 있다
꼬치꼬치 캐묻는 너의 웃음소리가
일기장이다

라일락

당신은 라일락 향기를 가졌으면서
민들레 꽃씨를 가여워하시네요
싱거운 사람
당신을 사랑하는 건
라일락 향기를 곁에 둔다는 거겠죠

우리 기약 없는 약속은 하지 말아요
라일락 피는 날
당신과 나도 다시 피어날 거예요

비둘기

전기가 오를지도 모르고
전깃줄에 매달린
가엾은 비둘기

태풍이 몰아치는 밤
너는 살려고 그 줄에 앉았구나
이리와 같이 살자

우리 같이 돌아올
아침을 기다리자

코코아

헤어지는 것은 서서히 식어가는
코코아차가 아니라
갑자기 찾아온 가을이었구나

단맛도 남지 않은 씁쓸한
나뭇잎 맛

어두컴컴하고 축축한
그 여름비가 오는 줄만 알았는데
코코아차가 식어버린 거구나

아 입천장이 벗겨져 있다
오늘따라 꺼져버린 모닥불이
사무치게 춥다

마지막 편지

이상해요 당신
슬픈 얼굴이에요

곧잘 쓸어 넘기던 머리카락은
엉망진창 흐트러져있고
어깨는 처져있네요
떨리는 입술로
한숨 쉬지 말아요

괜찮아요, 우리 마지막이
그렇게 아프진 않을 거예요
조금 추웠지만 또
살아가게 될 거예요

그러니 슬픈 얼굴 하지 말아요

내 사랑, 따듯한 꿈 꿔요

그동안 행복했어요

무지개

비 온 뒤에
무지개가 뜬다지만
젖은 흙을 달래는 이는 없다

누군가의 신발에 붙어
질척거리다
들리는 욕설에 잔뜩 움츠리고

원치 않은 벌레가
속을 헤집어 놔도

쨍한 날 기다리며 버티는 이가 있다
젖은 흙은
무지개가 아름답지 않다

파도가 지나간 자리에
썩은 조개껍질과
지워진 이름들이 있다

아이가 만든 모래성이
쓸려가는 것을 보고 있는
여자의 눈은 죽어있다

몇 번 더 파도에 휩쓸리면
모든 것은 흔적도 남지 않고
사라지겠지

마음이 미어진다

마녀 사냥

오 내 사랑 왜 이제 오셨나요
지난 밤은 너무 길었어요
그들이 내 심장을 꺼내
울퉁불퉁한 자갈밭에 던졌답니다

나는 아무것도 할 수 없었어요

괜찮아요
언제나처럼
두 볼을 쓰다듬어 주세요
당신이 오시면
나는 또 살아갈 수 있어요

흩어진 구름

흘러가는 구름에
쫓기는 마음으로 눈물을 훔칩니다

작고 볼품없이 비쩍 마른 나무
춤추는 구름 사이
분주히 움직이는 사람들

누군가의 웃음소리엔
고통을 앓는 소리가 숨어 있습니다

그래서일까요
흘러가는 구름에 덜컥
눈물이 났습니다

배신

어여쁜 입으로
기어코 칼을 겨누는구나

살랑이던 바람은
태풍의 전날처럼
우리 사이를 송두리째 헤집고
모든 것을 망가뜨렸구나

피는 동백꽃 아니라
떨어지는 목련이었구나

2호선

지친 표정으로 전쟁을 준비하는 사람들
사람 사이 밀고 당기는 모든 순간
2호선 지하철 끝 라인은 휴전선도 없다

커다란 가방을 방패 삼는 학생들
이름 모를 이에게 밀쳐진 할머니
힘없이 쓰러진 백발노인의 초라한 등

어떻게 하고
입 가리는 젊은 여자
재빠르게 뛰어가는 아버지

2호선 전쟁 패잔병은 백기를 든다

쓰임

아버지 조금 무섭습니다
쓰임이 다 되어 잠드는 것이지요
살아있는 동안
남긴 것들을 찾아다녔지만
자꾸 눈꺼풀이 감깁니다

그래도 선명히 기억나요
손잡아 주었던 나의 피붙이들
술 한 잔 기울이던 벗들
그리고 나의 사랑
그녀가 자꾸 떠오릅니다

물안개 너머
얄궂은 세이렌이
저를 부르고 있어요

아버지 조금 무섭습니다
괜찮다고 말해주세요
아주 잠깐 숨 참으면 된다고

당신의 긴 담배 연기 속으로
그렇게 가면 된다고

가을

꽃이 있고
참새가 있고
나무가 있습니다

지나온 것들에
붙여진 이름들을
가만히 불러봅니다

당신의 이름이 입안에서
맴돌아요
가을, 가을아 우리 가을아

미처 더 아끼지도 못했는데
그렇게 가버렸구나

해운대

바다야 기분 좋으냐
나도 님 손길 기다리며
동해의 좋은 날 기다린다

서쪽에 해가 뜨면
사랑 한다고 말해주시려나

바다야 기분 좋으냐
갈매기 사이
파도가 부서지는 날

나도 너처럼
빛날 수 있을까

붕어빵

따듯한 것만 쥐어가는
그대들의 손이 밉다

나는 쌍둥이 동생보다
일찍 태어나
한참 그대만을 기다렸는데

추운 밤, 애타는 마음 모르고
그저 따듯함이 전부라는 듯
서서히 죽어 가는 나를 버리고

홀라당 가버리는
그대들의 손길이 밉다

당신의 길

어머니 당신이 맞습니다
바닷속 심해로 가라앉을지언정
남의 배를 훔치지 않고

아사 직전에도 썩은 돼지 살코기는
쳐다도 보지 않으신
당신이 맞습니다

우리는 총탄없는 전쟁중이에요
살아남기 위해, 살아남으려고

어머니 당신이 맞습니다
오지 말라고 하셨던
당신의 길을 따라갑니다

새해

글들이 울고 있다
슬플 때 써서 그런가
급하게 써서 그런가
얼룩덜룩한 얼굴로
나를 원망한다

어제는 앞날이 걱정되어 울고
오늘은 지난날이 후회되어 운다

시대는 선택할 수 없다지만
아버지 그늘이 그립고
어머니 방패막이 덧없다

우리가 살아남을 글들에
꽃잎이 뿌려지고
자 이제 신발을 고쳐 신을 시간이다

참나무

몸통 굵은 참나무 가지 사이
당신 시선이 걸려있다

그날은 쨍한 햇빛이 스며들어
온통 홧홧 했는데

어디선가 시린 냄새가 나고
순식간에 빛이 사라지기 전까지
나는 그게 영원할 줄 알았다

초승달이 비추고
참나무 아래 혼자

당신 시선 없는

그 밑에서

공허해서

추워서

눈물이 났다

멍울

저는 기르지 못하겠어요
가렵다 싹이 났는데
밟아 죽이고 싶어요

푸르스름한 것이
멍 자국과 닮아 있어
꽃이 필까 싶네요

당신은 피우지 말고
가꾸라고 하지만
활활 타올라
새까만 성냥개비 되면
어떻게 하지 하고

당신이 안고 있는
푸르스름한 심장에
물 주는 것 밖에
못하겠어요 나는

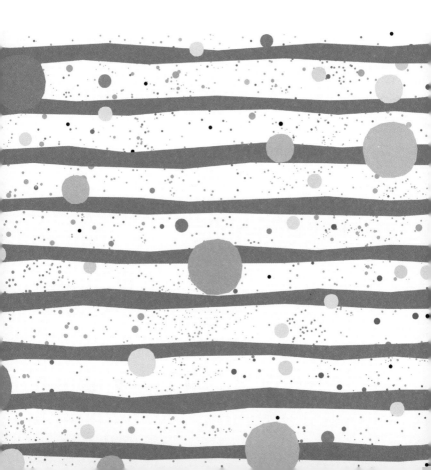

이끼

오늘 왜 죽지 않았냐고
물어보셨죠

뱃가죽에 이끼가 살아
그렇습니다

그것들은 땀과 눈물방울을
먹고 살아가는데
기어코 오늘 한 바가지 훔치더니
또 살아났습니다

당신의 진득한 시선 너머엔
무지개가 살고 있나요

나는 오늘 쓴 커피를 마셔서
살았습니다
이끼는 커피를 싫어하거든요

눈 내리는 밤

눈 내리는 밤
그대를 바라본다

붉은 입술 속에 나
젖은 눈동자 속에
살아 있는 나

여기구나
내가 죽을 자리가

마지막 계절
끝나버린 벚꽃 놀이
꽃잎은 길을 잃고
장작 타들어 가는 소리만 요란하다

여기구나

내가 죽을 자리가

눈 내리는 밤

그대를 바라보는 지금

깃발

깃발을 꽂아
깃발을 꽂아

귓가에 웅얼거리는 소리
이봐요, 거기 당신
넘어졌어요
무릎에서 피가 줄줄 납니다

아 선생님
넓은 들판에 산다고
넓은 마음을 가져야 하나요

깃발을 꽂아

깃발을 꽂아

탕 탕

사방에 총소리

탕 탕

탕

마지막 노인이에요

선생님 이제 어디로 가면 되죠

퇴사

어쩔 수 없이 떨어지는 낙엽처럼
사라지기 싫다
이름 모를 이가 밟아 쭈그러진
콜라 캔의 옆모습처럼
죽어 가고 싶지 않다

당신 입에 한 참 머금은
진부한 이별 노래 가사처럼
마지막을 노래하고 싶지 않다

우리 찬란했잖아

목이 텁텁하다
치과 가기 싫은 꼬맹이처럼
미적미적 거리를 둔다

당신과 내가 마지막일지언정
다시 웃을 수 있게

혼자는 익숙하지 않아서

쾽한 아파트 층간 소음에서
죽어가는 새소리를 들었습니다
누구 거기 있어요

오래된 몽땅 연필 끝에
심이 없어질 때까지 그림을 그립니다

서걱서걱 심이 갈리는 소리

출출하진 않지만
고봉밥을 먹습니다
비가 그치고
새가 울면
다시 날아야 하니까요

엄마 장롱

엄마 장롱 밑에는
숨겨진 알약들이 있다
나는 그 약을 먹으면
매번 죽는 꿈을 꾸는데

그때마다 엄마의 하얗고 슬픈 표정이
환상처럼 맴돌았다

그래 당신도 오늘
한 잔 하셨으려나

붕 뜨는 마음 숨기고
새벽 내내
엄마 알약 찾아본다

이별

발가벗겨 여린 속살에
사정없이 칼집을 낸다
그것도 이별이라고

콜라 맛 사탕은
사실 잘 녹지 않아요
한참 꿍꿍대고 먹지만
돌아오는 건 연기뿐

그것도 이별이라고

왜 이렇게 괴로워 해요
상처는 당신이 내놓고
나는 뒤돌지 않을 거예요

흥얼거리며 걸어가야지
신나서가 아니고
아직 당신이 거기서
서성거릴까 봐

눈물점

노란 스카프의 소년이여
당신의 왼쪽 눈물점은
나의 오아시스 였어요

몇 밤 지나면 돌아오겠지
똥강아지처럼 떠난 자리를 서성이고
설산을 누비는 겁 없는 나비처럼
당신의 흔적을 찾아다녔어요

돌고 돌아
적막한 집에 왔을 때
그제야 알았어요
혼자가 됐다고

어두운 마음

손바닥을 가만히 들여다 봅니다
쥐었다 폈다 쥐었다 폈다
다시 쥐었다 폈다
살아 있습니다

밤하늘에 별을 보니
문득 그가 보고 싶어요
나를 가여워했던 사람

어두컴컴한 밤
손바닥에 남아있는
한 줄기의 빛
미처 빠져나가기 전에
다시 쥐어봅니다

엄마, 나는 여기 없어요

엄마, 무릎이 까졌어요
사람들이 나를 몰아세우고
손가락질 해요

엄마, 아무것도 못하겠어요
여기 주저앉을래요

지나온 길에 가로등이 나갔는지
어두컴컴해서 무서워요
나를 찾아주세요

파랑새가 날아다녀요
마지막 기회인가요

엄마, 가지 말아요
나는 여기 없어요

장미

빨간 꽃잎 뒤에 손톱만한 말벌이
위잉위잉 날아다니는 것을
그대는 모르면서

꽃잎만 보고 붉다고 말한 이는
내 핏줄이 초록색이고
뿌리가 갈색인 줄도 모르면서

그 남자의 장미가 아니라
어젯밤 태양이 그리워 피어난 것을
그대는 모르면서

그대는 모르면서

아무것도 모르면서

내 마음도 모르면서

부서진 파도

아무것도 없는 방파제
검은색 파도가 내리친다

부서져라
부서져라
딱딱한 이 몸뚱어리
잘게 부서져 다시 태어나라

집이 부서진 민달팽이
마지막 여름날 매미
태풍을 마주한 민들레

외로운 것들아
우리 수면 위로 올라가자
춤을 추자
오늘이 마지막인 것처럼

나무와 영양제

건물 사이 비집고 서 있는
하얀 꽃잎의 이팝나무
그의 기둥 밑에
영양제가 꽂혀 있네
그 나무가 죽고 싶은지도 모르고

당신 눈동자는 쓸쓸해 보여
내가 안아줘야지
꼭 붙들고 있을게
그 이팝나무 영양제처럼

파란 하늘 휘영청 밝은 달

자동차 배기음 사이

당신과 나

그리고 와인 한 잔

시 한 편

그래

우리가 죽고 싶은지도 모르고

나비

당신은 이제 자유가 무섭구나
멀리 가도 된다니까
어디 가지 못하고
그저 내 주변만 뱅글뱅글
가엾은 사람

나도 그런데

천국

천진한 웃음도
장난스러운 표정도
어깨를 두드리던 손도
모든 것이 그립다

네가 곁에 있으면
두 손 꼭 쥐고
오늘 참 춥다
오늘 참 덥다
말해주었을 텐데

바짓가랑이 붙잡는 이들이 많아
천국으로 가질 못하네

여름이니까

여름이 무서워요
공사판 검은 먼지
아버지 땀방울
토마토소스 묻은 어린아이

그 사람이 흥얼거렸던
1993년도 팝송

여름이 무서워요
모두 차가운 것만 찾으니까

비처럼 떨어지는 장면들이
나를 온종일 슬프게 해요

운다

그녀가 운다
어린아이처럼 바닥을 뒹굴며
작은 어깨를 들썩들썩
그렇게 꺼이꺼이

호수만큼 눈물이 차오를 때
슬픈 노래를 흥얼거리며
그녀에게 간다

붉은 장미꽃을 던지고
두꺼운 이불을 덮어준다

사랑한다고 품에 안고 토닥토닥
아 그녀가 다시 운다

결국 같은 사람

네 이름이 무엇이냐
예 아버지 철수입니다

오는 길에 죽어 가는 나무를 보았습니다
어린아이가 넘어져 있었어요
광장에 나와 무작정 뛰었습니다

네 이름이 무엇이냐
예 아버지 철수입니다
금방 길을 잃었어요
이정표가 없었거든요

네 이름이 무엇이냐
예 아버지 철수입니다

그 아이도 철수였고 그 나무도 철수였고

광장도 철수입니다

아이스크림

고요한 여름날

평화로운 매미소리

철푸덕 떨어진 아이스크림

덜컥 겁이 난 어린 아이

울음 참는 아이의 얼굴

달려와 안아주는 어머니

두 팔 가득 아이를 안고

토닥 토닥

괜찮아

다시 사면 돼

울음 그친 아이 뒤

멀뚱히 서 있는 나

다시 걸어 간다

무더운 여름 속으로

폐장

영원할 것 같았던
노란색 나뭇잎이 떨어지고
나는 은행나무 뒤에서
그의 뒷모습을 찾아냈다

고요한 아침
그래 어젯밤에 매미가 죽었구나

영원할 것 같던 시간은
놀이공원 분수대 밤이 찾아오듯
을씨년스럽게 끝을 맞이했다

떨어진 나뭇잎이 아쉬워서
갑자기 떠난 가을이 야속해서
나는 숨죽여 울었다
당신 없는 아침이 올 때까지

2부,

그럼에도 불구하고

혼자가 아니기에

아무도 내 실패를 원치 않았다.
적막한 공간에 꿈을 가두고 실패를 키운 건
나 자신이었다. 나는 오늘 실패하지 않았다.
다시 꿈 꿨기 때문에.

흑심

서걱서걱
연필이 춤추는 소리
조급히 써 내려가는
구애의 문장들을 지나
당신이 떠오른다

당신에 비해
나는 연필 한 자루
그것 뿐이구나

그래도 연필이 있어
당신에게 흑심 품을 수 있겠지

안녕 나의 꽃

꽃아 보아라

밤은 길지만
아침은 오고

적막한 시간도
끝이 난다

네가 울고 있던 지난밤이
의미 없는 시간은 아니란다

이렇게 너도
피어있잖니

너와 여름

거칠게 쏟아지는 빗줄기
찝찝한 온도
짙어진 풀냄새
콧등 찡그리며 웃는 당신

밤새 얘기 했던
그 한여름 밤

나의 계절은
돌고 돌아
봄이 왔다

달빛

달빛이 훤해
마음을 감출 수 없네요

별들마저 시기하는
한심한 모습은
숨기고 싶었는데

오늘도 달빛이 밝아요
밤이 더
깊어졌나 봐요

화단

나는 몰랐지요
화단 속 꽃이 예쁜 줄만 알지

당신이 내 마음속에 꽃을 심어
계속 자라게 했을지
누가 알겠어요

내 화단은 온통 꽃밭이고
물 주는 사람은
당신 하나인데

어떻게 당신을
사랑하지 않을 수 있겠어요

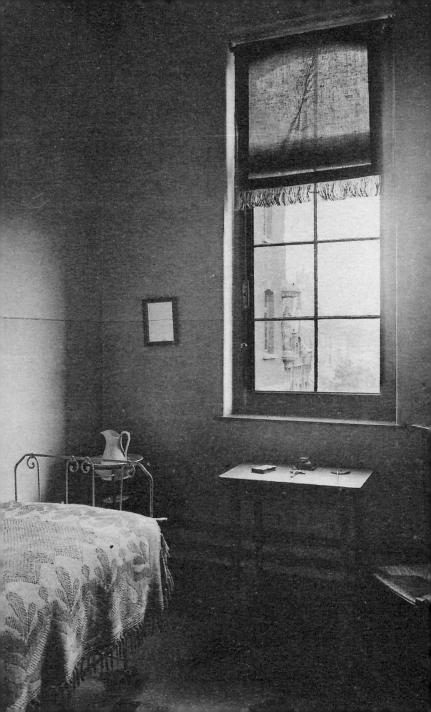

그녀의 집

사랑한다고 말하는
그녀의 귀 끝이 붉다

그리고 나는 그녀의 귀 끝에
살고 싶다

그럼 그녀가 부끄러울 때
언제든 귀 끝에서
전등을 꺼줄 텐데

어두운 밤에
오롯이 나만 등 켤 수 있는
그녀의 집에 살고 싶다

우산

왼쪽 어깨가 젖었습니다

칠흑처럼 어두운 밤
갑자기 쏟아진 소나기
그녀와 나를 처마 밑에 묶었지요

요란한 천둥소리
어디에서 나는 소리일까

왼쪽 어깨가 젖어도
나는 괜찮습니다
당신이 젖지 않았다면
그걸로 되었습니다

이만큼

황금 들녘에서
우리 엄마를 기다린다

달려온 것도 아닌데
어찌나 숨 가쁜지
잘한 것도 없으면서
무엇이 원망스러운지

모든 공식에 답이 없지만
그저 엄마를 기다린다

그래도 괜찮다
괜찮다
이만큼 했으면 됐다

뿌리 내린 밤

당신 마음에
나무 한 그루 심겠습니다

추우면 장작으로 쓰시고
배고프면
열매를 드릴게요

비바람 맞고
벌레들이 득달같이
잎사귀를 갉아먹어도

이 마음이 흔들리지 않게
당신 마음에 뿌리 내리고
버티겠습니다

오늘 밤 당신 마음에
나무 한 그루 심겠습니다

둥굴레차

따듯한 둥굴레차 한 모금이
몸 깊숙이 파고들어 와
구석구석 녹여줍니다

어제는 사무치게 추웠고
오늘 새벽이슬은 낯설었어요
아 그저 한 모금이었으면 되었을 것을

깍지 겨 컵을 감싸고
다시 한 모금

새어 나가는 빈틈없이
모조리 따듯하게
당신처럼

바람

정처 없이 걸어가는
당신의 길에
나는 한 줄기 바람이고 싶다

당신 땀방을 훔쳐 달아나는
도둑이고 싶다

매일 밤 울며 잠든
숨 가쁜 당신의 호흡 되어
아주 잠깐

훅 사라지고 싶다

이빨청춘

앙상한 할아버지 누런 이빨은
볼품없고 다 부서져 가지만
떨어진 콩고물 주워 먹기엔
그의 기백이 용납하지 않고

어린아이 새순 같은 이빨은
빠질 날만 기다리지만
넘어져도 다시 일어난다

누가 이팔청춘이냐
이 시인인가
저 시인인가
노래하는 그 양반인가

이빨청춘
그가 웃는다
할아버지 등 뒤로
붉은 노을 떨어진다

위로

나 오늘 당신 문장 속에
잠시 머물러도 될까요

당신이라는 씨앗 품고
꽃봉오리 만들어
당신 안아주고 싶을 때
활짝 피어나고 싶어요

사랑하는 문장들로
당신 끌어안아
잠시 울어도 될까요

제비꽃

어쩌면 그날이었을까
당신이 초콜릿 쥐어 주며
행복을 찾아 주었을 때

아니면 벌게진 눈으로
걱정했다고 울어주었을 때인가
언제부터 당신이
나의 제비꽃 된 거야

언제부터 당신과
별똥별을 기다린 거야

어쩌면 그날이었을까

달빛

창문에 비친 달빛은
나를 더 외롭게 만듭니다

배가 고픈 것은
마음이 공허하기 때문이지요
그리운 것들을 떠올립니다

모락모락 김이 나는 어머니 쌀밥

맑은 눈동자의 갈색 강아지

향이 좋은 커피 한 잔

그리고 시 한편

당신 역시 바라보고 있을 달님

달님

우리 달님

내 마음에 달빛이 쏟아집니다

고비

우리 나란히 서
어디 가지 말고
슬퍼할 겨를 없이
겨울을 이겨내자

슬픈 시간이 지나
이 멍울이 따듯해져
새싹이 난다면
우리 숲을 만들자

당신과 나 둘만의
오두막을 짓자

추운 겨울밤

당신 옆에

그 겨울에서 기다릴게

사랑

사랑이 무엇일까
토마토같이 몽글한 것
아니면 겨울의 꽃다발
지나고 보니
나는 사랑을 모르네

굽어진 당신의 등
떨고 있는 손
그 옆을 가만히
지켜주고 싶네

우주 속 수많은 별들이
우리를 따돌려도
당신이 있으면
그렇게 어둡지는 않겠지

사랑이 무엇일까
당신 옆모습
아니면 그것도 아니면
그냥 당신이었을까

섬

당신의 시에 취하고 싶다

고개 너머 어딘가에 있을
당신이 만든 섬에 들어가
잠시나마 쉬고 싶다

나를 탐험하는
당신의 시선에 꽈리를 틀고
한참 머물고 싶다

도수 높은 이 마음이
알코올 향 사라지듯
훅 날아가기 전에

당신의 섬에 가고싶다

호수

잔잔한 물결 따라
내 마음도 흘러간다

도대체 저 호수의 깊이를 모르겠네
많이 쌀쌀한지도
차라리 단단하게 얼었으면 좋겠네
당신이라도 태워주게

사실 바다가 되고 싶었는데
호수여도 좋아
당신이 쉬러 와준다면

바람이 분다
당신이 왔구나
고요하다 아 밤
호수에 비친 당신이
사무치게 아름답다

우주

살고 싶다고 울부 짖었던
네 지난밤

우리 사이 은하수도
그 고독함은 몰랐겠지
떨어지는 우주선도
위로하진 못했을 거야

멀리 가지 마
우리 같이 걷자
잠시 머물러도 좋아

내가 너의
우주가 될게

도레미

피아노 치는 당신 손가락이 좋아
도레미 사랑해 파솔라
그 연주 속에 나도 숨어 있어

어젯밤 꿈에 나왔지
장난스러운 그 표정
그 얼굴 속에 나도 숨어 있어

코코아 속 마시멜로처럼
피터팬 옆자리 팅커벨처럼
당신이 나를 연주하고 있어

몽우리

꽃이 핀다고
호들갑 떨지 마라
그저 줄기 끝에 몽우리가
기지개를 편 것이니

혼자라고 기죽지 마라
당신 어깨 위에 수많은 손이
누구를 위한 별들이겠나

봄이 온다고 울지 마라
당신의 계절은 시간을 모르고
무수히 빛나는 별들 사이

당신의 몽우리가
다시 기지개를 편다

홍시

살랑살랑 산들바람 불어
두 볼을 간지럽힌다

꽃잎이 떨어져도
변치 않겠다는
당신의 다정한 말에
나는 겁먹은 홍시처럼 녹아내려

아이고 민들레야
이 아스팔트 끝자락에서
서로의 체온으로 이겨내자
언제나처럼

편

저는 당신편입니다
편이 어디 있냐고
웃으시면
저는 할 말 없겠지만요

굽이굽이 이어진
이 언덕 같은 마음을 타고 올라가
당신의 마지막 집이 되고 싶습니다

당신의 오른편에서
긴 세월 허무맹랑한 꿈처럼
그렇게 곁에 머물고 싶습니다

저는 당신편입니다

느티나무

어머니의 느티나무
꽃도 못생긴 게 뭐가 좋냐며
아버지가 툴툴대서도
어머니는 그냥
좋아서 하고 웃으신다

나도 그래
당신이 나의 느티나무야
변치 않은 아름드리나무야

꽃이 피지 않아도
그냥 좋아서 하고
웃어줄게

당신에게

밤나무, 그늘 아래
그대를 닮은 슬픈 음악이
흘러 나와도

그대가 좋아하는 접시꽃이
계절을 모르고
피어 나도

달짝지근한 코코아가

한 모금만

남아 있어도

나는 괜찮습니다

그러니 그대도

젖은 베개 끝에

혼자 있지 마요

괜찮아요

우리는 이제 괜찮습니다

철쭉

너는 외로운 사람이다
날씨가 좋아 깔깔 웃다가도
말린 철쭉이 가엾어 우는 사람

구불구불한 시골길 올라가다
다닥다닥 붙은 무당벌레 보고
잠시 걸음을 멈춘 사람

여름밤 그 매미가
콱 죽어버렸는지
고요한 밤이 찾아오면
외로움에 사무치는 사람

같이 울자

외로운 이들끼리

코스모스 반짝 또 피다가

길가에 무심히 죽어버려도

우리 실컷 외로워하다

겨울을 맞이하자

새벽 위로

모든 날을 함께하는 이여
나는 이제 새벽에 깨지 않고
이른 아침에도 울지 않습니다

당신은 참 겁이 없고
사랑하는데 거침없으셨지요
문득 길을 가다
당신의 흔적을 잃어버렸지만

오롯이 혼자 남겨진 새벽을
나는 압니다

내가 몰래 곁으로 다가가
지난밤에 받았던 그 햇살을
당신에게 돌려주겠습니다

내일을 함께하는 이여
나는 이제 새벽에 깨지 않고
이른 아침에도 죽지 않습니다

따듯해지면 돌아오세요
당신의 그 새벽에
또 살아가고 있습니다

은방울 꽃

산호초 흐물거리는 심해에서
유유자적 노래하는 고래
그리고 나는 우울한 은방울꽃

구름 낀 날씨는 흐릿해도
아침이 온 것을 나는 알아

흐물거리는 입술로
돌아서서 은방울꽃 예쁘다
말해주었던 당신

당신이 온 것을 나는 알아

가을 낙엽

당신 뒷모습은 죽은 가을을 닮았다

첫마디를 고민하는 낙엽처럼
언제 떨어질지 모르는 가을 낙엽은
아무리 생각해도 당신을 닮았다

애써 귀에 넘긴 머리카락이
스르륵 힘없이 턱밑으로 떨어진다

아 그것은 또 당신 귓가로 쇄골로
가을이 떨어진다는 것이다

미숙한 날에게

미숙아 잘했다
코스모스 필 때 너라고 울지 않았을까
갈댓잎 흔들릴 때 너라고 맨발로
도망치고 싶지 않았을까

미숙아 잘했다
지나온 네 오르막길이
평탄하진 않았어도

이제야 코스모스 살랑이는
이 밤이 내게는
가을이고 가을이다

평생

마음이 가난하여
저기 가로수길의 꼿꼿한 나무 한 그루
꽃다발로 보냅니다

여름에는 파랗고 가을에는 까만 것이
이게 내 마음입니다

새싹

복사뼈 위에 아지랑이 피어나듯
간질간질 새싹이 자란다
씨앗도 없는데 잘도 살았구나

별안간 햇살이 따듯해서
양말 속 새싹을 숨기고
한강으로 달려간다

날씨가 좋아서
비바람에 나무가 흔들려서
새싹을 양말에 숨긴다

복사뼈 위에 아지랑이 피어나듯
간지러운 아침이다

장마

그만하자
짠맛 나는 바다를 입에 머금지 말고
비단 외로운 마음을 작은 구멍가게에 팔지 말고

그만하자
더운 날 무거운 다리로
애써 한강 다리 건너지 말고

부러울 것 없이
당신의 계절은 다시 오니까

이제 숨을 멈추자
그만하자
이유 없이 그렇게 안아주자

고양이와 나

어차피 돌아갈 길 없다면
그냥 살자

미련 없는 뒷골목 도둑고양이가
얄밉고 보기 싫어도
갑작스러운 봄날에
꽃가루 휘적거리다
가려움에 몸서리쳐도

지붕 위 고양이
사라질 때까지 기다리고
꽃이 질 때까지
우리 살자

그래 그냥 살자

어차피 꽃은 지고

고양이는 간다

나를 좋아하는 나

마른 가지에 작은 불씨
비 오는 날을 기다리는 솜사탕
땀에 젖은 티셔츠의 단 맛

그럼에도 불구하고
내가 너를 좋아하는 것은
형용할 수 없는 사랑이다

종이에 베인 마음이다

추운 겨울이었지만
돌이켜 보면
따뜻했던
그런 것이었다

무지개

당신 말이 맞았어요
오늘 무지개가 떴습니다

더웠지만 비가 내렸고
여름이지만 영원하진 않았어요

붉은색 신호등이 화를 내도
내 마음 잠깐 노랑이었다가
다시 초록이 된 것처럼

당신이 맞았어요
모두 멈춰서 하늘을 봐요
초록색 횡단보도 위에
무지개를 보고 있어요

매미

나무 밑에 떨어진
바싹 마른 매미 한 마리
어젯밤 덧없이 갔구나

여름날 목청껏 울부짖더니
잘 살았구나
후회 없이

가을에 떨어질 낙엽들도
네 죽음을 헛되이 하지 않을 거야
우리 여름에 만나서 다시 사랑하자

편히 잠들어라
바싹 마른 매미 한 마리

조개껍데기

조개껍데기에 진주알 없다고
죽을 수는 없잖아요

높고 파란 하늘에
천둥번개 친다고
그만하자 할 수는 없어요

그럴 수는 없는 거예요
당신과 내가 끝이어도
끝이 아니어도

거기 멈춰 숨 고르고
같이 가면 돼요
언제나 그래왔던 것처럼

우울한 파도

우울한 파도는
딱한 아기 새를 만나고
작은 돛단배를 지나쳐
쓸려가는 모래알을 만났습니다

해변의 눈부신 모래알 중에
가장 어둡고 축축한
슬픈 모래알

괜찮아,

나는 다시 시작하는 모래야

우울한 파도는 웃었습니다

반짝이는 모래알 사이

둘은 서로를 안고

파도를 추었습니다

밤

내가 저어기 꽃밭으로 간다 하면
손을 잡아 줄래
파도치는 소리 듣고 싶다고
엉엉 운다면
사랑한다 말해 줄래

내게
그래줄 수 있어
정말 그래
세상을 다 가진 것 같겠다

따듯한 가을

당신과 낙엽을 밟으면 좋겠습니다

붉은 낙엽, 노란 낙엽
이따금 파란 것이 떨어져 있으면
같이 안쓰러워하며

이 계절 위에 당신과 내가
따듯한 가을이면 좋겠습니다

그럼에도 불구하고

왜 이렇게 바라는 게 많은 세상인지 모르겠습니다. 어떤 때는 아무리 노력해도 변화의 속도에 맞추지 못해 스스로가 한심하게 느껴집니다. '이겨내', '넌 할 수 있어', '힘들면 좀 쉬어도 돼' 등 주변의 말은 위로와 동시에 서글픈 마음이 듭니다. 그리고 그럴 때마다 한없이 우울하고 깊은 절망의 구렁텅이에서 기어오를 수 있는 저만의 방법이 있습니다.

'그럼에도 불구하고' 라는 말을 여기저기에 갖다 붙이는 것입니다. '그럼에도 불구하고 가장 좋은 온도로 목욕합니다.' 사소한 것부터 '그럼에도 불구하고 나는 오늘 맛있는 음식을 먹습니다.' '그럼에도 불구하고 나는 편히 잡니다.' '그럼에도 불구하고 나는 책상에 앉습니다.', '그럼에도 불구하고 나는 삽니다.' 등 그 말을 붙이고 나면 마음이 한결 편해집니다.

  '2부, 그럼에도 불구하고 혼자가 아니기에' 시들은 그동안 받았던 위로를 '시'로 담았습니다. 〈화단〉, 〈무지개〉, 〈풀꽃〉, 〈뿌리 내린 밤〉, 〈노루〉는 제3의 문학회 사화집 4호에 수록된 시들을 수정하였습니다. 한편 한편이 가족들에게, 사랑하는 연인에게, 그에게, 그녀에게, 받았던 소중한 마음들입니다. 주저앉고 싶을 때마다 '그럼에도 불구하고'를 여기저기 갖다 붙이고 꾸역꾸역 일어섰던 저처럼 이 시를 읽는 모든 독자님에게 따듯한 위로가 되었으면 좋겠습니다.

어느 젊은이의 유서

초판 1쇄 발행 2023년 1월 30일

지은이 조아라
펴낸곳 글라이더 **펴낸이** 박정화
편집 이고운 **디자인** 디자인뷰 **마케팅** 임호

등록 2012년 3월 28일 (제2012-000066호)
주소 경기도 고양시 덕양구 화중로 130번길 14(아성프라자)
전화 070) 4685-5799 **팩스** 0303) 0949-5799
전자우편 gliderbooks@hanmail.net
블로그 https://blog.naver.com/gliderbook
ISBN 979-11-7041-121-5 03810

ⓒ 조아라, 2023

글라이더는 독자 여러분의 참신한 아이디어와 원고를 설레는 마음으로 기다리고 있습니다. gliderbooks@hanmail.net으로 기획의도와 개요를 보내 주세요.
꿈은 이루어집니다.